문학과지성 시인선 73

좀팽이처럼

김광규 시집

문학과지성사

문학과지성사에서 펴낸 김광규의 시집

우리를 적시는 마지막 꿈(1979, 개정판 1994)
아니다 그렇지 않다(1983)
크낙산의 마음(1986)
아니리(1990)
물길(1994)
가진 것 하나도 없지만(1998)
누군가를 위하여(2001, 시선집)
처음 만나던 때(2003)
시간의 부드러운 손(2007)
하루 또 하루(2011)

문학과지성 시인선 73
좀팽이처럼

초판 1쇄 발행 1988년 11월 15일
초판 7쇄 발행 2001년 4월 23일
재판 1쇄 발행 2015년 2월 27일

지 은 이 김광규
펴 낸 이 주일우
펴 낸 곳 ㈜문학과지성사

등록번호 제1993-000098호
주   소 121-894 서울 마포구 잔다리로7길 18(서교동 377-20)
전   화 02)338-7224
팩   스 02)323-4180(편집) 02)338-7221(영업)
전자우편 moonji@moonji.com
홈페이지 www.moonji.com

ⓒ 김광규, 2015. Printed in Seoul, Korea

ISBN 978-89-320-2723-4

이 도서의 국립중앙도서관 출판예정도서목록(CIP)은 서지정보유통지원시스템 홈페이지
(http://seoji.nl.go.kr)와 국가자료공동목록시스템(http://www.nl.go.kr/kolisnet)에서
이용하실 수 있습니다. (CIP제어번호: CIP2015005421)

문학과지성 시인선 73

좀팽이처럼

김광규

2015

모두가 알면서도 너무나 뻔한 사실이라
오히려 모르는 체하는 것들을 나는 글로 써왔다.
대다수가 침묵할 때 내 딴엔 소수의 일원으로서
발언해보려고 시도해보았다.
그러나 이제는 모두가 목청 높여 무엇인가 부르짖고
이른바 다수의 주장이 도처에서 위세를 떨치고 있으니,
차라리 침묵하는 것이 소수의 몫일지도 모르겠다.
1986년 여름 이후에 발표한 작품 70편을 모아서
네번째 시집을 엮는다.
제IV부의 행사 시편을 포함하여 여기에 실린 시는
아마도 부서진 침묵의 조각들일 것이다.

1988년 가을
김광규

좀팽이처럼

차례

III. 지금 여기서

IV. 어른의 길

V. 구리거울

I. 감나무 바라보기

때

남녘 들판에 곡식이 뜨겁게 익고
장대 같은 빗줄기 오랫동안 쏟아진 다음
남지나해의 회오리바람 세차게 불어와
여름내 흘린 땀과 곳곳에 쌓인 먼지
말끔히 씻어갈 때
앞산의 검푸른 숲이 짙은 숨결 뿜어내고
대추나무 우듬지에 한두 개
누르스름한 이파리 생겨날 때
광복절이 어느새 지나가고
며칠 안 남은 여름방학을
아이들이 아쉬워할 때
한낮의 여치 노랫소리보다
저녁의 귀뚜라미 울음 소리 더욱 커질 때
가을은 이미 곁에 와 있다
여름이라고 생각지 말자
아직도 늦여름이라고 고집하지 말자
이제는 무엇인가 거두어들일 때

감나무 바라보기

나뭇잎 모두 떨어지고
열매만 빨갛게 익어

아름답구나
맛있겠구나

그런 생각 다 버리고
멍청하니
오랫동안
감나무를 바라보면 어떨까

바쁘게 달려가다가
힐끗 한번 쳐다보고
재빨리 사진 한 장 찍은 다음
앞길 서두르지 말고
그 자리에 서서 또는 앉아서
홀린 듯
하염없이

감나무를 바라보면 어떨까

우리도 잠깐

가을 식구가 되어

누가 온 세상을

누가 온 교정을 저렇게 노란색으로
칠해놓을 수 있을까
길바닥에 페인트로 구호를 써놓던 솜씨로는 불가
능하다
오직 개나리만이 저렇게 피어날 수 있다
누가 온 산을 저렇게 분홍빛으로
물들여놓을 수 있을까
마른 나무 삭정이 숲에 불을 질러서
될 일은 아니다
오직 진달래만이 저렇게 피어날 수 있다
누가 온 마을에 저렇게 향기로운
냄새를 풍길 수 있을까
온 동네 아가씨들이 짙은 화장을 해서
그럴 리는 없다
오직 아카시아꽃만이 저렇게 피어날 수 있다
누가 온 들판을 저렇게 녹색으로
바꾸어놓을 수 있을까
땡볕 아래 엎드려 한 포기 또 한 포기

모를 심고 가꾸어
오직 농민들만이 저렇게 만들 수 있다

비 맞이

깃털 하나 적시지 않고
비둘기처럼 빗속을 날아가고 싶으냐
물방울 하나 묻히지 않고
연못을 떠도는 오리가 부러우냐
창밖을 바라보는 사람들아
하늘에서
현기증 나게 떨어지는 빗방울들
추녀 밑으로 살짝 비켜서고
까마득한 공중에서
수직으로 쏟아져 내리는 빗줄기
우산 한 개로 막으면서
옷자락 하나 적시지 않고
땅 위를 걸어가는
사람들아

풀밭

양탄자처럼 부드럽고
아름다운 잔디밭 갖고 싶어
봄부터 좁은 마당에
물을 뿌리고
풀을 뽑았다
모처럼 애써 가꾸었지만
심지도 않은
토끼풀 강아지풀 쐐기풀
저절로 돋아나고
아무리 뽑아버려도
개비름 까치밥 쇠뜨기 엉겅퀴
자꾸만 자라나고
디딤돌 옆에는 억새풀 질경이까지 퍼져
차라리 잡초를 기를까
내버려두었다
(이제 잔디는 모두 죽고
잡초만 무성하게 번지겠지)
그러나 한여름 접어들자

잔디와 잡풀이 한데 어울려
길고 짧은 잎들이 들쭉날쭉
울긋불긋한 꽃들 멋대로 피어나
벌과 나비 날아들고
메뚜기와 방아깨비 뛰노는
짙푸른 풀밭이 되었다

하얀 비둘기

애초에 비둘기를 기를 생각은 전혀 없었다.

다만 비오는 날 떼 지어 날아다니는 비둘기가 몹시 축축하게 보여서, 구멍이 네 개 달린 비둘기 집을 만들어 예쁘게 페인트칠을 한 다음, 옥상 창문 위에 달아주었을 뿐이다.

그러나 사람의 마음 아랑곳없이 비둘기는 한 마리도 이곳에 날아들지 않았다.

십 년이 지나도록 마찬가지였다.

그 동안 비바람에 시달려 비둘기 집은 칠이 벗겨지고 나무가 썩어서 보기 흉하게 되었다. 차라리 떼어버리는 것이 나을 듯싶었다.

그런데 며칠 전에 마당을 쓸다가 보니 하얀 비둘기 두 마리가 그 속에 앉아 있지 않은가.

우리 비둘기 집은 다 낡아버린 뒤에야 비로소 비둘기의 마음에 들었나 보다.

비둘기의 그 조그만 가슴속에 다른 하늘과 다른

땅이 있고, 그 가는 핏줄 속에 다른 물이 흐르고 다른 바람이 불고 있음을 나는 십 년 동안이나 몰랐던 셈이다.

빨랫말미

장맛비 잠깐 멈추자
땅내 맡고 검푸른 갈잎나무들
먼지 씻긴 기와지붕 위로
여름 햇볕 뜨겁게 쏟아지고
땅 위의 먹이를 찾는 대신
하늘 높이 날아오르는 제비들
꼬마들은 골목에서 닭싸움을 벌이고
집집마다 널린 빨래가 눈부시다
가문 논밭 적셔주기를
애타게 기다리던 마음
물난리에 어느새 떠내려가 버리고

달팽이의 사랑

장독대 앞뜰
이끼 낀 시멘트 바닥에서
달팽이 두 마리
얼굴 비비고 있다

요란한 천둥 번개
장대 같은 빗줄기 뚫고
여기까지 기어 오는 데
얼마나 오래 걸렸을까

멀리서 그리움에 몸이 달아
그들은 아마 뛰어왔을 것이다
들리지 않는 이름 서로 부르며
움직이지 않는 속도로
숨 가쁘게 달려와 그들은
이제 몸을 맞대고
기나긴 사랑 속삭인다

짤막한 사랑 담아둘
집 한 칸 마련하기 위하여
십 년을 바둥거린 나에게
날 때부터 집을 가진
달팽이의 사랑은
얼마나 멀고 긴 것일까

잠자리

늦가을 엷은 햇살
빨랫줄 위에
꽁지를 약간 치켜들고
잠자리 한 마리

커다란 눈
가느다란 목
비치는 날개

가볍게 하르르 날다가
감나무 가지 끝에
사뿐히 옮겨 앉는다

바람도 잠시 숨죽이고
모든 눈길이 자기에게 쏠려도
잠자리는 외치지 않는다
눈물 흘리지 않고
노래 부르지 않는다

꼼짝도 하지 않고
무게도 없이
그저 제자리에
머물러 있을 뿐

무우

좁쌀처럼 작은 씨앗
싹트고
자라서
어느새 채마밭을 가득 채운
팔뚝만한 무우들
푸짐하지 않은가
어쩌다 잘못 뽑으면
힘없이 뚝 부러지는
무우 밑둥
너무 연약해 보이지만
삽으로 파헤치기 힘든
딱딱한 땅을 비집고
시커먼 흙 속에서
소리 없이 혼자서 자란
무우의 허연 힘
참으로 싱싱하지 않은가
밭두렁에 주저앉아
낫으로 깎아 먹으면

유달리 시원하고 매콤한
시골 무우 맛

성산동 가랑잎

어쩌다가 나뭇가지를 놓쳐버린
아쉬운 몸짓으로
느릿느릿 떨어져 내려
과수원 모퉁이에서
천천히 땅으로 돌아갈 가랑잎들
오늘은 그 낙엽들이 돌풍에 휘말려
시커먼 아스팔트 위를 굴러다니며
구둣발에 짓밟히고
버스 바퀴에 치여
갈기갈기 찢겨진 채
쓰레기 소각장으로 운반된다
교통사고로 쓰러진 시인이
응급차에 실려서
시립 병원 영안실로 가듯이

대추나무

바위가 그럴 수 있을까
쇠나 플라스틱이 그럴 수 있을까
수많은 손과 수많은 팔
모두 높다랗게 치켜든 채
아무것도 가진 것 없이
빈 마음 벌거벗은 몸으로
겨우내 하늘을 향하여
꼼짝 않고 서 있을 수 있을까
나무가 아니라면 정말
무엇이 그럴 수 있을까
겨울이 지쳐서 피해 간 뒤
온 세상 새싹과 꽃망울들
다투어 울긋불긋 돋아날 때도
변함없이 그대로 서 있다가
초여름 되어서야 갑자기 생각난 듯
윤나는 연록색 이파리들 돋아내고
벌보다 작은 꽃들 무수히 피워내고
앙징스런 열매들 가을내 빨갛게 익혀서

돌아가신 조상들 제삿상에 올리고
늙어 병든 몸 낫게 할 수 있을까
대추나무가 아니라면 정말
무엇이 그럴 수 있을까

나뭇잎 하나

크낙산 골짜기가 온통
연록색으로 부풀어 올랐을 때
그러니까 신록이 우거졌을 때
그곳을 지나가면서 나는
미처 몰랐었다.

뒷절로 가는 길이 온통
주황색 단풍으로 물들고 나뭇잎들
무더기로 바람에 떨어지던 때
그러니까 낙엽이 지던 때도
그곳을 거닐면서 나는
느끼지 못했었다.

이렇게 한 해가 다 가고
눈발이 드문드문 흩날리던 날
앙상한 대추나무 가지 끝에 매달려 있던
나뭇잎 하나
문득 혼자서 떨어졌다.

저마다 한 개씩 돋아나
여럿이 모여서 한여름 살고
마침내 저마다 한 개씩 떨어져
그 많은 나뭇잎들
사라지는 것을 보여주면서

가을날

누가 부는지 뒷산에서
서투른 나팔 소리 들려온다
견딜 수 없는 피로 때문에
끝내 약속을 지키지 못했다는
그의 말이 문득 떠오른다
여름내 햇볕 즐기며
윤나는 잎사귀 반짝이던 감나무에
지금은 까치밥 몇 개
높다랗게 매달려 있고
땅에는 떨어진 열매들
아무도 줍지 않았다
나는 어디쯤 떨어질 것인가
낯익은 골목길 모퉁이
어느 공원 벤치에도 이제는
기다릴 사람 없다
차라리 늦가을 벌레 소리에 묻혀
지난날의 꿈을 꾸고
꿈속에서 깨어나

손짓하는 코스모스에게 묻고 싶다
봄에는 너를 보지 못했다
여름에는 어디 있었니
때늦게 길가에 피어난 꽃들
함초롬히 입 가리고 웃을 것이다
아직도 누군가 만나
나누고 싶은 이야기
굳게 입 다물고
두꺼운 안경으로 눈 가리고
앓고 싶지 않은 병
온몸에 간직한 채 나는
아무렇지도 않은 듯
천천히 그곳으로 다가가고 있다
아득한 젊은 날을 되풀이하는
서투른 나팔 소리
참을 수 없는 졸음 때문에
마지막 기회를 잃어버렸다는
그의 말을 이제는 알 것 같다

II. 대장간의 유혹

그날 III

낮에는 놋그릇을 공출당했다
옛날부터 써온 제기들이었다
저녁때는 누나가 병원에 가고
아버지와 어머니도 따라갔다
나는 혼자서 집을 지켰다
공습경보가 울려대고
탐조등 광선이 하늘을 누볐다
또 비이십구가 뜬 모양이었다
일본은 곧 망한다는 소문이었다
배가 고팠다
무우죽을 먹고 나면 금방
배가 고파졌다
캄캄한 툇마루 밑으로
족제비들이 찍찍거리며 달음질치던
그날 밤에 조카가 태어났고
학병으로 끌려간 큰형은
만주의 어느 벌판에서 쓰러졌다

그날 IV

등짐 진 늙은 남자들
힘겹게 손수레를 끌고
젖먹이 등에 업은 여자들
무거운 보따리를 이고
아이들은 다리를 끌면서
떼 지어 밀려가고 있다
얼어붙은 한강을 건너고
미끄러운 남태령 고개 넘어서
길다란 누더기 행렬이 남쪽으로
남쪽으로 눈보라 치는 들판을 건너가고 있다
소학생 교복에
란도셀 어깨에 메고
머리 깎은 열 살짜리 소년
추위와 배고픔에 떨면서
종종걸음으로 뒤따라가고 있다
아득한 세월의 흑백 필름 속에서
38년 전의
내가 걸어가고 있다

귀향

죽은 사람도 무척 많았지
팔다리를 잃고
가족을 잃고
그래도 용케 살아남아
거지 같은 몰골로
잿더미가 된 고향 찾아
돌아왔을 때
시장터에서 보고 놀랐지
손가락 한 개 다치지 않고
멀쩡하게 살아남아
그 낯익은 절뚝발이 거지가
여전히 길바닥의 담배꽁초를
줍고 있는 것을

6월이면

6월이면 그가 생각난다
'한국에서 미국에서 독일에서
평생을 외롭게 살고 간 의학도'
의용군으로 끌려가 죽을 고비를 겪고
국방군에게 잡혀와 감옥살이를 하고
마침내 조국을 떠나버린 그는
40년을 홀로 외지에서 떠돌며
술에 취한 날 밤이면
고국의 친구들에게 전화를 걸었다
'멀리서 사랑을 베푼 아버지
낯선 후학을 이끌어준 선배
잊지 못할 시간을 남기고 간 동료'
결국은 한 줌의 재가 되어 돌아와
지금은 망향동산에 묻혀 있는
그를 생각한다 6월이면

그때는 걸어서 다녔다

걸어서 다녔다
통인동 집을 떠나
삼청동 입구
돈화문 앞을 지나
원남동 로터리를 거쳐
동숭동 캠퍼스까지
그때는 걸어서 다녔다
전차나 버스를 타지 않고
플라타너스 가로수 밑을 지나
마로니에 그늘이 짙은
문리대 교정까지
먼지나 흙탕물 튀는 길을
천천히 걸어서 다녔다
요즘처럼 자동차로 달려가면서도
경적을 울려대고
한 발짝 앞서 가려고
안달하지 않았다
제각기 천천히 걸어서

어딘가 도착할 줄 알았고
때로는 어수룩하게 마냥
기다리기도 했다

여름에는 창문을

여름에는 창문을 열어놓고 산다.

창밖으로는 밋밋한 돌산과 소나무 숲, 낡은 연립 주택과 허름한 교회당 종탑이 보인다. 물론 이 변두리 풍경이 TV 화면처럼 아름답거나 이름난 그림처럼 구도가 잡혀 있지는 않다.

그러나 온종일 멍하니 내다보아도 눈이 아프거나 싫증이 나지는 않는다.

창문으로는 여름내 별별 소리가 다 들려온다. 자동차나 오토바이가 지나가는 소음은 말할 것도 없고 꾀꼬리와 뻐꾸기 노랫소리, 여치와 매미의 울음소리, 나무들 사이로 지나가는 바람 소리, 후박나뭇잎에 비 떨어지는 소리, 이웃집 아기의 옹알거리는 소리, 짓궂은 동네 아이들의 욕지거리, 두부 장수의 방울 소리…… 물론 이 집다한 소리들이 전축에서 울려 나오는 음악처럼 아름다운 하모니를 이루지는 못한다.

그러나 온종일 듣고 있어도 귀가 아프거나 시끄럽지 않다.

이 모든 소리와 풍경이 한데 어울려 여름에는 창문을 닫을 수가 없다.
이제 겨울이 닥쳐오면 어떻게 또 창문을 꼭꼭 닫고 살아갈 수 있을지.

밤눈

겨울밤
노천 역에서
전동차를 기다리며 우리는
서로의 집이 되고 싶었다
안으로 들어가
온갖 부끄러움 감출 수 있는
따스한 방이 되고 싶었다
눈이 내려도
바람이 불어도
날이 밝을 때까지 우리는
서로의 바깥이 되고 싶었다

나무

봄이 와도 당신은 꽃씨를 뿌리지 않는다. 어린 나무를 옮겨 심지 않는다.

철 따라 물을 주고, 살충제를 뿌리고, 가지를 쳐주고, 밑둥을 싸맬 필요도 없다.

이미 커다랗게 자란 장미, 목련, 무궁화, 화양목, 주목, 벽오동, 산수유, 영산홍, 청단풍, 등나무, 모과나무, 앵두나무, 감나무, 대추나무, 살구나무, 잣나무, 은행나무, 가이즈카향나무, 겹벚나무, 사철나무, 자귀나무, 대나무, 플라타너스, 느티나무, 소나무, 눈향나무, 박태기나무 들을 사들이면 되기 때문이다.

거대한 정원을 가득 채운 저 수많은 관상수들을 당신은 모두 나무라고 부른다.

당신은 참으로 많은 나무를 가지고 있다. 단 한 그루의 나무 이름조차 모르면서도.

20세기

눈초리만 보아도 안다.

당신들은 모두 내가 어서 죽기를 바라고 있지. 이처럼 오래 사는 것이 마치 나의 잘못이라도 되는 듯이 생각하고 있지.

하지만 그것은 당신들의 오해다.

난들 왜 죽고 싶지 않겠는가.

하루에도 몇 번씩 목을 매달고 싶은 마음, 독약을 마시고 싶은 충동 억누르며, 여든여덟 해를 지금까지 괴롭게 살아오고 있다.

도대체 언제나 죽을 수 있을지, 너무나 답답해서 남몰래 복술사를 찾아가 물어본 적도 있다. 어떤 점쟁이는 나에게 아직 죽을 때가 되지 않았다고 대답했고, 어떤 무당은 저승에서 나를 데려가는 것을 잊어버렸다고 말했다.

어쨌든 제 몫의 삶을 다 산 사람에게만 죽음은 찾아오는 모양인데, 나는 아직도 내 몫의 죽음을 찾지 못했으니 얼마나 불쌍한가.

이렇게 늙었는데도 아직 죽을 수 없는 까닭은 어
쩌면 내가 바로 삶의 형벌을 받고 있기 때문인지도
모른다.
긍휼히 여겨다오.
당신들의 소망이 빨리 성취되도록 나를 위하여 기
도해다오.

O 회장

큰딸은 시집 보내고
두 아들은 미국에 가 있다
돈과 주식과 땅과
건강한 아내를 가진 사나이

돈이 생기는 일이라면
무엇이든 할 수 있는 사람
그는 자기의 마음을 절대로
밝히지 않는다
다만 같은 말을 되풀이하거나
가느다란 웃음을 흘리거나
머리를 끄덕이거나 또는
갑자기 명랑해지면서
식사를 같이 하자고 말하면
찬성하는 것이다

그리하여 악수를 나누고
약속을 하고

도장을 찍은 일이라도
사정이 달라지면
그것은 본의가 아니었다고
돌아서버리는 사람

만약 아무 말도 하지 않거나
눈을 딴 곳으로 돌리거나
사방으로 전화를 걸거나 또는
갑자기 머리가 아파져서
화장실에 다녀오겠다고 하면
반대하는 것이다
자기의 마음을 절대로 밝히지 않는 사람
돈이 생기지 않는 일이라면
그는 결코 움직이지 않는다

불황이나 불경기를 전혀 모르는
그에게도 나이 들며 걱정이 있다면
그것은 오직 하나

골프공이 때때로 맞지 않는 것

그런 사람

예컨대 육교 위에서 구걸하는 어린 거지나 지하도 계단에서 노래하는 늙은 맹인에게 그가 동전 한 푼 던져준 적 있는가.

불우한 이웃이나 골목길 포장 공사를 돕기 위해서 몇 푼의 성금이라도 그가 내놓은 적 있는가.

없다.

직장을 잃은 친구에게 사업 자금을 거두어주자는 제안조차 그는 처음부터 반대한 사람이었다.

남을 불쌍히 여기는 것은 사치라고, 가난한 사람에게 돈을 주는 것은 동정이 아니라 사회의 죄악을 방조하는 짓이라고 그는 못 박았다.

당연히 국가에서 구제하든가, 아니면 이 세상이 근본적으로 변혁되어야 한다는, 그의 주장은 너무나 논리 정연하여 반박할 여지조차 없었다.

푼돈까지 악착같이 모아 그는 아파트를 늘리고, 땅을 사고, 자동차도 장만했다. 그는 스스로 돈을 벌어 부자들만 잘살게 되어 있는 이 세상과 싸우고자 했었다.

하지만 세상일은 누구에게나 뜻대로 되는 것만은 아니었다.

불운한 사람들이 이미 그랬듯이 그도 어느 날 갑자기 덫에 치이듯 쫄딱 망해버리고 만 것이다.

그는 눈이 벌겋게 되어 사방을 찾아다니면서 탄원을 하고 아는 사람들의 도움을 부탁했다.

사람들은 그가 변했다고 말했다. 세상이 변하는 대신 그 자신이 변해버린 것 같았다.

그러나 여러 사람의 도움으로 자기의 일을 되살리게 되자, 그는 조금도 달라지지 않고 옛날로 되돌아갔다.

그는 여전히 아무도 도와주지 않고 누구에게도 감사하지 않는 그런 사람이었다.

ㅂ씨

한 사람을 믿고
그 사람을 썼기 때문에
그는 스스로 목숨을 끊게 되었다
인연이란 무엇이며
피를 나누어 마시면 무슨 소용인가
배반의 뒤에는 언제나
믿었던 사람이 있다
한 사람을 알고
그 사람을 믿는다는 것은
결코 살아생전에 할 일이 못 된다
어린 시절부터 가깝게 사귀고
죽을 때까지 함께 살아보았다면
혹시 한 사람을 알 수 있을까
진실로 한 사람을 믿고
그 사람을 쓴다는 것은
죽은 다음에나 할 수 있는 일이다

절약가

그는 돈을 아껴 쓰는 사람이었다.

예컨대 어느 할인 판매장에 가면, 모든 물건을 25퍼센트 이상 싸게 살 수 있었다. 이곳을 그는 아무에게도 알려주지 않았다.

다른 사람들이 조금이라도 비싸게 물건을 사면, 그것이 자기에게 상대적으로 이익이 된다고 그는 믿고 있었던 것이다.

그러나 그가 비밀을 지키고 있는데도 불구하고, 그곳으로 물건을 사러 오는 사람들이 점점 많아졌다. 그는 속이 상해서 견딜 수가 없었다.

이것은 결국 그가 사망한 원인 가운데 하나가 되었다.

그는 돈을 더 많이 벌 수 있는 방법을 찾았어야 한다.

봉순이 엄마

골목길로 리어카를 끌고 다니며
먹갈치와 물오징어를 사라고 외치는
봉순이 엄마
생선 장수 어미가 창피해서
골목길을 피해 다니던 딸을 그녀는
어엿한 대학생으로 키워놓았다
이 세상 모든 사람 온갖 일에
아무런 기대도 품지 않고
별다른 요구도 하지 않고
요란한 투쟁도 벌이지 않고
자반고등어와 이면수를 사라고 외치며
골목길로 리어카를 끌고 다니는
봉순이 엄마
민주화가 무엇인지
올림픽이 어디서 열리는지
공장이 왜 문을 닫는지
전혀 아랑곳없이 한평생
생선을 받아다 팔면서 살아온

그녀는 조합 없는 노동자
구호를 모르는 민중
아무도 미워하지 않는
미더운 이웃

남인(南人)

인왕산이 어떻게 생겼는지
종로가 어디 있는지
청계천이 어디로 흐르는지
전혀 모르는 사람들이 오늘도
데모가 일어난 강북을 피하여
올림픽대로를 달려간다.
한강은 새로 생긴 강이 아니지
겨울밤 메밀묵 사려
오뉴월 새우젓 장수
굴뚝 청소부의 시커먼 징 소리
전혀 들어보지 못한 사람들이
뉴타운 아파트에 산다
핫도그와 코카콜라를 즐기고
미식축구 선수를 부러워하면서

뺄셈

덧셈은 끝났다
밥과 잠을 줄이고
뺄셈을 시작해야 한다
남은 것이라곤
때 묻은 문패와 해어진 옷가지
이것이 나의 모든 재산일까
돋보기 안경을 코에 걸치고
아직도 옛날 서류를 뒤적거리고
낡은 사전을 들추어보는 것은
품위 없는 짓
찾았다가 잃어버리고
만났다가 헤어지는 것 또한
부질없는 일
이제는 정물처럼 창가에 앉아
바깥의 저녁을 바라보면서
뺄셈을 한다
혹시 모자라지 않을까
그래도 무엇인가 남을까

연금일지(軟禁日誌)

깨워주는 사람 없어도 6시 반이면 모두 일어나서 좁은 앞마당에 나가 체조를 하거나 뜀박질을 했다.

새벽의 어둠 속에서 뒷모습만 보아도 서로 누구인지 알 수 있었다.

아침저녁으로 뜨거운 물이 나올 때는 목욕이나 빨래를 하기도 했다.

스피커에서 음악이 흘러나오면 식당으로 밥을 먹으러 내려갔다. 하루 세 끼를 먹는 일은 이곳에서 가장 큰 일과였다.

차임벨 소리는 로비에 간식이 준비되어 있다는 신호였다.

키 큰 남자, 뚱뚱한 여자, 안경 쓴 젊은이, 대머리 벗겨진 늙은이 등 모두가 닭장에 갇힌 비육계처럼 하루에 여섯 번씩 모이를 먹고 자기 방으로 돌아갔다.

1주일 만에 체중이 5킬로그램이나 늘어난 사람도 있었다.

무료한 나날이 계속 되었다.

여자들은 TV나 비디오를 보다가 싫증이 나면 뜨개질로 시간을 보냈다.

남자들은 온종일 신문이나 주간지를 뒤적거리고 바둑이나 장기를 두었다.

저녁때가 되면 할 일 없이 식당에 내려가 술을 마시며 무의미한 이야기를 지껄여댔고, 밤에는 으레 몇 명이 고래고래 악을 쓰며 주정을 했다.

편지를 쓸 수도 없고 전화도 할 수 없는 이곳에서 가장 괴로운 시간은 밤이었다. 잠이 오지 않아 꿈도 꿀 수 없을 때는 가족이나 바깥일들을 생각해보려고 했다. 그러나 이상하게도 머릿속에는 아무것도 떠오르지 않았다.

삶도 죽음도 아닌 낮과 밤을 오랫동안 보내고 마침내 바깥 세상으로 풀려나왔을 때, 고층 건물들은

더욱 높아졌고, 자동차들은 더욱 빨리 달려갔고, 행
인들의 발걸음은 더욱 바빠졌다.

그리고 이웃 사람들은 나에게 반가운 인사를 건네
는 대신 돈을 얼마나 받았느냐고 물었다.

리히텐슈타인 순례(巡禮)

에어 버스를 타고 남서쪽으로 4시간쯤 날아가면 리히텐슈타인에 도착한다.

온 세계에 알려진 도시, 서울의 골목에까지 그 광고가 붙어 있는 이 지역을 많은 사람들은 빛의 땅, 대지의 어머니, 또는 인류의 고향이라고 예찬한다.

그러나 정작 이곳에 와보면 듣던 바와는 많이 다르다.

우선 공항에 내리면 멀리 지평선 위로 그 유명한 리히텐베르크 산의 웅장한 모습이 보인다. 그러나 이곳에는 그 산의 이름조차 별로 알려져 있지 않다.

도시로 진입하는 고속도로 왼쪽으로 리히텐바하 강이 유장하게 흐르고 있다. 이승과 저승을 가르는 삼도천(三途川)보다도 더 성스러운 이 강을 이곳에서는 그저 강이라고 부를 뿐이다.

용마루와 처마가 도교(道敎) 사원(寺院)처럼 생긴 집들이 늘어선 교외를 지나 시내로 들어가면, 곳곳에서 돼지고기를 굽는 냄새가 나고, 거리마다 미국

유행을 모방하는 젊은이들이 몰려다닌다. 하지만 그 유서 깊은 거리와 그 거룩한 묘지가 어디에 있는지 아는 사람은 드물다.

　가장 놀라운 것은 이곳 사람들이 자기의 고장을 전혀 사랑하지 않고 기회만 있으면 다른 곳으로 떠나려 한다는 사실이다.
　그들은 외지에 나가서야 비로소 리히텐슈타인을 그리워하고, 지난날을 노래 부르며, 다시는 고향으로 돌아가려 하지 않는 것이다.

독립문역

한 생애의 마지막 날처럼
바쁜 마음으로 그러나
되도록 크레디트 카드를 쓰지 않으면서
하루를 살고
어두운 지하철 층계를 내려간다
땅속을 달려가는 동안
비좁은 찻간에 끼어 서서
어깨를 비비대며
스포츠 신문을 읽는 얼굴들
검은 유리창에 가득하다
길었던 어제의 터널을 따라
오늘이 지나가고
내일은 몇 번째 역에 있는가
땅 위의 세상은 눈을 감아야 보인다
녹슨 드럼통 속으로 흐르는 하수
머리 위로 아스팔트를 걸어가는
천만 명의 발걸음
철근과 시멘트와 자동차들

갑자기 무너져 내리고
이 캄캄한 땅속에 묻혀
다시는 바깥으로 나가지 못하고
숨 막혀 죽을 것만 같아
도망치듯 전동문을 빠져 나온다
이제 오래된 이야기는 잊어버리고
밀린 빚을 빨리 갚아야지
대리석 계단을 황급히 올라와
서울 구치소 맞은쪽
어두운 골목으로 사라지며

좀팽이처럼

돈을 몇 푼 찾아가지고
은행을 나섰을 때 거리의
찬 바람이 머리카락을 흐트러놓았다
대출계 응접 코너에 앉아 있던
그 당당한 채무자의 모습
그의 땅을 밟지 않고는
신촌 일대를 지나갈 수 없었다
인조대리석이 반들반들하게 깔린
보도에는 껌 자국이 지저분했고
길 밑으로는 전철이 달려갔다
그 아래로 지하수가 흐르고
그보다 더 깊은 곳에는
시뻘건 바위의 불길이 타고 있었다
지진이 없는 나라에 태어난 것만 해도
다행한 일이지
50억 인구가 살고 있는
이 땅덩어리의 한 귀퉁이
1천만 시민이 들끓고 있는

서울의 한 조각

금고 속에 넣을 수 없는

이 땅을 그 부동산 업자가

소유하고 있었다 마음대로 그가

양도하고 저당하고 매매하는

그 땅 위에서 나는 온종일

바둥거리며 일해서

푼돈을 벌고

좀팽이처럼

그것을 아껴가며 살고 있었다

대장간의 유혹

제 손으로 만들지 않고
한꺼번에 싸게 사서
마구 쓰다가
망가지면 내다 버리는
플라스틱 물건처럼 느껴질 때
나는 당장 버스에서 뛰어내리고 싶다
현대아파트가 들어서며
홍은동 사거리에서 사라진
털보네 대장간을 찾아가고 싶다
풀무질로 이글거리는 불 속에
시우쇠처럼 나를 달구고
모루 위에서 벼리고
숫돌에 갈아
시퍼런 무쇠낫으로 바꾸고 싶다
땀 흘리며 두들겨 하나씩 만들어낸
꼬부랑 호미가 되어
소나무 자루에서 송진을 흘리면서
대장간 벽에 걸리고 싶다

지금까지 살아온 인생이
온통 부끄러워지고
직지사 해우소
아득한 나락으로 떨어져 내리는
똥덩이처럼 느껴질 때
나는 가던 길을 멈추고 문득
어딘가 걸려 있고 싶다

III. 지금 여기서

얼굴

대낮에 칼을 들고
담을 넘어 들어왔던 그 얼굴
뚜렷하게 기억할 수는 없다
두 눈만 내놓고
얼굴을 온통 가렸었기 때문이다
그러나 안경을 쓴 메피스토가
원숭이처럼 털이 난 손을 들고
엄숙하게 선서를 할 때
어딘가 그 얼굴이 낯익었다
왼쪽 눈을 안대로 가리고
어두운 골목길 담벼락에
수상한 벽보를 붙이던 얼굴
무엇이 들었는지 알 수 없는
하얀 봉투를 주머니에 넣어주면서
낮은 목소리로 속삭이던 얼굴
크낙산 입구에 철책을 치고
입장료를 받으려고 하던 얼굴
모두가 모습은 달라도

낯익은 얼굴들
뚜렷하게 기억할 수는 없지만
어디선가 그 두 눈을
본 적은 있다

그날 I

그날 저녁 우리는 늦장가를 든
친구의 집에 초대받았다
생선회와 불고기와 닭찜 안주에
소주와 맥주를 섞어 마시고
거나하게 취하여
신랑을 달아 매고
신부에게 노래를 시켰다
별별 허튼소리를 다 떠들어대다가
태환이는 비틀거리며 병신춤을 추었고
어항의 금붕어를 건져 먹은 성준이는
현관에다 토해놓았다 우리가
시체처럼 여기저기 나자빠져서
거친 꿈속을 헤매는 동안
어둠 속에서 탱크는 포신을 돌리고
혈액은행이 파산하고
한강 다리가 끊겼었다고 한다
늦잠에서 깨어났을 때
시계는 이미 멎어 있고

그날 II

그날은 밀린 낮잠을
뿌리 뽑고 싶었다
분뇨 수거차의 차임벨 소리
골목을 지나갈 때쯤
느지막이 일어나
홰나무의 까치 둥지를 바라보며
뜨거운 차를 마시고 싶었다
총소리도 노랫소리도
듣고 싶지 않았다
대통령이 누구인지
세금이 얼마인지
알고 싶지 않았다
귀찮은 전화 끊어버리고
잠옷 바람으로 빈둥거리다가
아이들과 냇가를 거닐며
조약돌을 줍고 싶었다
혼자서 삼각산에 올라가
남녘 산하를 굽어보며

땀 묻은 안경알을 닦고 싶었다
밤에는 밀린 책을 읽고
외국에 나간 친구들에게
오랫동안 끊어진 소식을 다시
이어주고 싶었다 그러나
새벽을 가르며 달려간 앰뷸런스 한 대가
공백의 하얀 자취를 남긴
그날은 오히려 가장 바쁘고 긴
하루가 되었다

일 년

바른 말을 뒤틀고
단단한 약속을 깨뜨려버렸다
오래된 믿음을 뒤엎고
커다란 기대에 환멸을 안겨주었다

우리는 그들을 하나씩 잃어버렸다
그들은 우리에게서 무엇을 얻었는가

한 해가 가버리는 동안
모두가 서로 잃어버렸을 뿐
얻은 것은 피차간에
아무것도 없다

전쟁놀이

일찍이 예수가 태어나기 전부터 이 놀이는 있었다고 한다.

죄수나 노예들을 두 편으로 나눈 다음, 물 위에서 배를 타고 싸우도록 하는 이 경기는 진짜 전쟁보다 더 처절하고 잔혹했었다.

잘 싸워서 황제의 눈에 띄면 죄를 사면받거나 노예의 신분에서 해방될 수 있고, 못 싸우면 곧장 목숨을 잃게 되므로, 그럴 수밖에 없었다. 글자 그대로 생명을 걸고 싸우는 이 게임이 관중에게 얼마나 박진한 긴장감을 주었을지는 지금도 넉넉히 상상할 수 있다.

이 경기가 한참 인기를 끌었을 때는 양쪽 선단이 각각 12척의 전함을 이끌고, 2만여 명의 죄수 및 노예들이 선수로 동원되었다니, 그 규모로 보아도 실제의 해전보다 오히려 더 엄청났던 셈이다.

그 당시 이 경기에서 승리한 선수들이 요즘처럼 메달을 타고 돈을 벌고 뭇 사람들의 부러움을 받았는지는 모르겠다. 그러나 그들이 싸움을 연습했던 방법은 오늘날과 별로 다르지 않았을 것이다.

여름살이

돈을 꾸어 온 날은
가로수 그늘이 유달리 시원하고
선들바람 골목까지 불어온다
내일 먹을 밥과
모레까지 쓸 용돈이 생겼으니
밤새워 오늘을 즐기고
그다음은 잊어도 될까

하기야 이 무더운 한여름에
쓰러지지 않고 땀 흘리며
살아남으려면
빚을 얻을 수 있는 것도
커다란 능력임에 틀림없다
그리고 늙도록 부지런히 일해서
빚을 다 갚고
편안히 눈을 감는다면
그보다 더 큰 행운은 없을 것이다

그러나 빛을 남긴 채
어둠 속으로 사라진
불행한 어버이들
빚조차 얻지 못해
길바닥 땡볕 아래 주저앉은
무능한 지이비와 지어니들
눈감고 잊을 수 있을까
오늘은 찌는 듯이 덥구나
소나기 한줄기 쏟아져라

우리의 강물

물이란 하늘에서 떨어지거나 땅에서 샘솟게 되어 있다. 처음에는 조약돌 사이로 졸졸 흐르고, 때로는 폭포가 되어 곤두박질치고, 겨울에는 얼음으로 잠자고, 봄이 오면 슬며시 일어나 산골짝을 굽이굽이 돌아가게 되어 있다.

그러는 동안 바위나 돌에 부딪쳐 몸을 씻고, 천천히 갈대숲을 지나며 마음을 가다듬는다. 호수에 고여 산봉우리와 푸른 숲, 흰 구름과 달빛을 비출 때, 물은 깊은 생각에 잠겨 맑아지기도 한다.

물가에 엎드려 깨끗하고 맛있는 물을 손으로 떠먹던 시절이 우리에게도 있지 않았던가.

직선으로 축조한 시멘트 제방 사이로 기름처럼 힘없이 흘러가며 수직으로 서 있는 아파트 건물이나 공장 굴뚝을 비추는 우리의 강물.

도시와 공장의 온갖 구정물이 쏟아져 들어와 물빛이 아름다울 수도 물맛이 좋을 리도 없다. 그저 낮에는 유람선을 띄우고 사진 찍고, 밤에는 자동차 불빛을 반사하여 그럴듯하게 보이는 것이 고작이다.

물고기들조차 그 속에서 살려고 하지 않고, 물새들조차 날아들지 않은 지가 이미 오래되지 않았는가.

그래도 우리가 잠든 한밤중에 강물은 반들반들한 벽에 갇힌 몸을 끊임없이 뒤척인다.

다만 붙잡을 곳도 기댈 곳도 없어 일어서지 못할 뿐이다.

재수좋은 날

오늘은 별다른 일이 없었다
끔찍한 교통사고도 일어나지 않았고
소매치기나 날치기를 당하지도 않았다
최루탄 때문에 눈물을 흘리지도 않았고
길가에서 가방을 열어 보이지도 않았고
닭장차에 갇히지도 않았다
두들겨 맞거나
칼에 찔리지도 않았다
별일 없이 하루를 보낸 셈이다
밤중에 우리 집에 불이 나거나
도둑이 들어오지만 않는다면
오늘은 아주 재수좋은 날이다

그날 V

귀에 익은 엔진 소리 들려왔다
뒤이어 핸드 브레이크 채우고
자동차 문 여닫는 소리
조금 있으면 초인종이 울릴 차례였다
귀를 기울였다

갑자기 어지러운 발자국 소리
외마디 부르짖음
문을 쾅 닫고
황급히 사라지는 지프차

귀를 기울였다
멀리서 과일나무 열매 하나
툭 떨어졌을 뿐
아무 소리도 들려오지 않았다
그리고 아무 소식도 없었다

아직도 그는 돌아오지 않았고

마감 뉴스

시멘트와 철책으로 견고하게 구축된 방어선을 돌파하고 탱크 부대는 지축을 울리면서 거침없이 전진했다.

그러나 수도의 외곽에 이르렀을 때, 지척을 분간할 수 없는 안개 때문에 강을 건널 수 없었다.

자칫하다가는 전후좌우로 상호 간에 충돌할 위험이 있었으므로, 탱크들은 현 위치에 정지한 채 요란한 엔진 소리를 내면서 대기하는 수밖에 없었다.

구름처럼 하얀 안개는 전국의 주요 항구를 봉쇄했다.

바다도 하늘도 전혀 보이지 않았고, 폭풍이나 해일을 막아주던 방파제도, 야간 항로를 안내해주던 등대도 아무 소용없었다.

항해하던 선박들은 모두 그 자리에서 닻을 내리고 머물러 있어야만 했다.

솜처럼 푸근한 안개는 공항도 완전히 점령해버렸다.

국내선 비행기들은 이륙할 수 없었고, 국제선 여객기들도 상공을 선회하면서 착륙을 시도하다가 되돌아갔다.

미사일을 장착한 군용 전투기도 이착륙을 할 수 없기는 마찬가지였다

막강한 군사력과 일사불란한 통치 체제를 자랑하던 당국도 속수무책이었다. 소리 없이 내습한 안개는 퇴치할 수도 없고, 해산시킬 수도 없고, 연행 구금할 수도 없었다.

교통이 일절 두절됨에 따라 생필품 공급이 중단되어 경제적 마비 상태가 발생했고 불가시 현상의 지속으로 인하여, 폭행·약탈·살상 등 사회적 혼란이 꼬리를 물었다.

그리고 천문기상학적으로 규명할 수 없는 이 이상한 안개가 수많은 사람들의 가슴에서 나온 것이라는 유언비어가 떠돌았다.

언제까지 도대체 언제까지

얼굴을 잘 보아두고
목소리를 기억해두는 것이 좋다
그리고 입을 다물고 있어라
정말이든 거짓말이든
아무 말도 해서는 안 된다
너의 말을 들은 자들은
감동이나 연민을 느끼는 대신
들은 말의 꼬투리를 캐고
너를 되잡아 칠 것이다
어떤 물음이 나오더라도
대답하지 마라
입 밖으로 한번 나간 말은 모두
오랏줄이 되어 너의 몸을 묶고
물이 되어 너의 코와 입으로
다시 들어갈 것이다
아무리 억울한 사람이라도
도와주려고 하지 마라
아무리 정직하고 싶어도

고백이나 자백을 하지 마라
그저 모르는 척하고
가만히 있는 것이 좋다
── 하지만 언제까지
도대체 언제까지

부끄러운 월요일
—1987. 4. 13.

온 나라가 일손을 멈추고
한 사람의 목소리에
귀 기울이던 날
마침 중간시험이 시작되던 월요일
안경을 쓰고
넥타이를 매고
교단에 선 나 자신이
부끄럽고
창피해서
커닝하는 학생들을
잡아낼 수가 없었다.
그들과
나와
그
누가 정말로 부정행위를 하고 있는지
가려낼 수가 없었다
어느 한 사람인가
우리 모두인가
아니면 온 나라인가

옛 교정

강의가 끝난 봄날의 오후
친구들과 어울려 허물없이
이야기 나누던 겹벚나무 밑
때로는 혼자서 팔베개하고
가을 하늘 바라보던 잔디밭에
오늘은 최루탄 찌꺼기와 벽돌 조각 나뒹굴고
곳곳에 나붙은 목청 높은 구호들
눈 둘 곳을 모르겠다
졸업 사진 찍던 분수대 뒤쪽
우람한 본관 석조 건물은 온통
시커멓게 불타고 그슬려
전쟁이 지나간 폐허처럼 되었다
신입생들의 싱그러운 모습
고함과 미움으로 일그러지고
진리와 자유를 찾던 젊은이들
성난 들짐승처럼 사나워졌다
용건을 묻는 목소리와
의심스런 눈초리만 뒤따를 뿐

아무도 반겨주지 않는 옛 교정에서
버릴까 간직할까
돌아오고 싶던 마음

파리 떼

파리는 1초에 천 번이나
날개를 칠 수 있고
앉은 곳에서 어느 방향으로나
곧장 날아갈 수 있다고 한다
어디선가 날아왔다가
어디론가 날아가는 것을
누가 탓할 수 있으랴

문제는 이놈이 아무 데나
내려앉는 데 있다 혹시
땅이나 나무나 지붕이라면 모르겠다
잠든 아기의 코
병든 소의 눈
쓰레기통이나 하수구
아무 곳이든 가리지 않고
내려 앉아
빨아먹고
기어 다니다가

똥을 갈겨 놓고
휙 날아가버리기 때문이다
겨울이 가고
날씨가 풀리면
파리 떼가 또 극성을 부리겠지
하늘 높이 날아오르고 싶은
모든 비상의 꿈을
송두리째 뭉개버리면서

지금 여기서

아무런 기억도 없이
어둠의 몸을 빌려 태어났다
그것은 부모의 바람일 수도 없고
자식의 선택도 아니며
동회에 신고할 사항도 못 된다
어둠에서 태어났기 때문에
밝은 세상에서 살고 싶을 뿐
재산도 부채도 상속받고 싶지 않다
세상이 어둡다면
밝히고
견딜 수 없이 컴컴하다면
환하게 바꾸어야 한다
뜻대로 바꿀 수 없으면
견디지 말고
그대로 익숙해지지 말고
느닷없이 목숨을 끊지도 말고
스스로 다시 태어나야 한다
헛된 희망을 가르치기보다

차라리 절망을 되풀이하면서
지금 여기서
몇 번이고 거듭 태어나
세상을 밝혀야 한다
다시 태어날 수 없는
어둠 속으로 사라져버리기 전에

아빠가 남긴 글

아빠가 갑자기 사라졌다고
당황할 필요는 없다
아빠가 네 곁에 없다고
세상이 달라지는 것은 아니다
다만 언제나 그렇듯 말조심하고
낮에도 문단속을 잘 해야 한다
내일 저녁 초대에는 못 간다고 알리고
글피는 민방위 훈련
불참 신고를 해다오
토요일은 엄마의 생일
케이크를 사다가 축하해주어라
그믐날은 할아버지 제삿날이다
축문을 미리 써놓았으니
너희들끼리 제사를 지내라
날씨가 더 추워지기 전에
화분을 들여놓는 것이 좋겠다
아빠가 돌아오지 못하더라도
슬퍼할 필요는 없다

머지않아 네가 아빠가 되고
그 다음에는 너의 딸이 엄마가 되면서
아빠와 비슷한 아들
또는 엄마를 닮은 딸이
같은 집 한 동네에서
변함없이 지금처럼 살아갈 터이니
몇 사람이 사라졌다고 해서
세상이 달라지는 것은 아니다.

나사에 관하여

창고마다 지저분하게 널린
수백만 개의 나사들
크기만 다를 뿐 모두 비슷한
암나사와 수나사들을
한 번도 눈여겨본 적이 없다
도무지 매력 없어 보이는 저것들이
수많은 부품을 합치고 조이면
자동차가 되어 달려가고
비행기가 되어 날아가고
로보트가 되어 작동한다
는 것을 알고는 있었다
어쩌다 한 개의 수나사가 빠지거나
한 개의 암나사가 부서지면
그 한 개의 나사 때문에
자동차의 엔진이 꺼지고
비행기가 불시착하고
로보트가 작동하지 않는다
는 것을 알고는 있었다

그러나 한 개의 나사 때문에
귀중한 목숨을 잃기 전에
그리고 한 개의 나사를 갈아 끼우기 위하여
수천 개의 나사를 풀어야 하기 전에
무엇을 어떻게 해야 할 것인지
한 번도 생각해본 적이 없느냐

당신들의 용병

배불리 먹고
늘어지게 자고
비디오를 보거나
실내 수영을 즐기고
참으로 따분한 생활이다
30년이 훨씬 지나도록 이 땅에는
전쟁이 없었다
무료한 안정과 평화
이제는 지긋지긋하다
차라리 외인부대 병사처럼
웃통 벗어젖히고
기관단총 난사하면서
적진으로 달려 들어가
피를 뿜으며
거꾸러지고 싶다
대기업 신입사원으로 들어가
갑종근로소득세 꼬박꼬박 내면서
지루하게 일생을 살아가느니
차라리 도시 게릴라처럼

명망가의 등을 칼로 찌르고
재벌의 딸을 납치하고
주유소에 불을 지르고
경찰과 헌병에게 쫓기다가
한강으로 뛰어내리고 싶다
아무것도 바라지 않는
이 순수한 욕망
당신들은 모를 것이다
서울빌딩 주차장의 붉은 낙서를
누가 썼는지
끝내 모를 것이다
땡볕 아래 엎드려 온종일
논밭을 매는 당신들이여
졸음을 참아가면서 밤새워
기계를 돌리는 당신들이여
온종일 개혁 정책을 연구하고
밤새워 혁명 전략을 토론하는
당신들이여

간단한 부탁

늙은 척하지 마라
젊은이여
때때로 과로해서 허리가 아프고
독감에 걸려 팔다리가 쑤셔도
그대는 아직 젊다
아무리 세상만사 씨잡아 닻하고
어리숙한 후배들 데리고 다니며
되바라진 선배 노릇을 해도
그대는 아직 젊다
아직도 한참 그럴 것이다
그러나 늙은 다음에는
젊은 척하지 마라
때때로 머리띠 질끈 동여매고
가열하게 앞장서나간다 해도
그대는 이미 늙었다
아무리 세상만사 뒤집어 욕하고
순진한 제자들과 어울려 다니며
존경하는 선생님 소리를 들어도

그대는 이미 늙었다
나이를 먹었으면
늙은이여 제발
젊은 척하지 마라

작은 꽃들

사방에서 터져 올라간 최루탄 가스
마침내 하늘의 코를 찔렀나 보다
때아닌 태풍에 비바람 휘몰아쳐
탐스런 목련꽃들 모조리 떨어뜨리고
새로 심은 가로수 뿌리째 뽑아놓고
서울빌딩 간판까지 날려버렸다
갓 피어난 작은 꽃들 애처롭게
몽땅 떨어졌을 줄 알았는데
철 늦은 꽃샘바람 지나간 뒤
길가의 개나리 눈부시게 노랗고
언덕 위의 진달래 활짝 피었다
빗속에 떨던 조그만 꽃이파리들
바람에 시달리던 가녀린 꽃줄기들
떨어져나간 간판 버팀쇠보다
오히려 굳세게 봄을 지키고 있구나

동서남북

봄에는 연록색 물결 북쪽으로
북쪽으로 펴져 올라간다
철조망도 군사분계선도 거리낌 없이
북상한다
산맥을 넘고
들판을 지나서
진달래도 개나리도 월북한다
여름이면 뻐꾸기 노랫소리
개구리 우는 소리
어디서나 똑같다
가을에는 황금빛 물결 남쪽으로
남쪽으로 펴져 내려온다
비무장지대도 민통선도 거리낌 없이
남하한다
강을 건너고
계곡을 지나서
코스모스 단풍도 월남한다
겨울이면 시원한 동치미 맛

얼큰한 해장국 맛
어디서나 똑같다
동서남북 가리지 않고
온 세상을 하나로
하얗게 뒤덮는 눈보라
아무도 막을 수 없다

IV. 어른의 길

천안 근처

북쪽에서 불어오는 찬 바람
가을 배추밭에 머뭇거리다
낙엽으로 떨어지는 곳
볏단들 줄지어 선 들판으로
엷은 안개 헤치고 달려가면
멀리서 아련하게 손짓하는 마을
서울로 부산으로 광주로 가는 길에
언제 들러도 마음 푸근한
삼남의 길목
나지막한 초가집들
굴뚝에서 피어오르는 연기
이제는 모두 사라졌지만
봄이 오면 옛날처럼
종달새 제일 먼저 노래하고
개나리꽃 피어나기 시작하는 곳
남쪽에서 갈렸던 길들
하나로 합쳐 훈훈하게
불어오는 봄바람의 고향

어린 거북이

오늘 나이 백 살을 먹은
나는 아직도 어리석은 거북이
그대들처럼 긴 다리로
날렵하게 뛰어다니지 못하고
그대들처럼 쓸모 있는 손으로
바퀴를 만들어 달려가지 못하고
그대들처럼 성난 목청으로
소리 지르지 못하고
언제나 느릿느릿 네 발로
땅 위를 기어다니고
짧은 다리 허우적거리며
물속을 떠다닌다
나이 백 살이 되어서야
이제 한 돌을 맞은
나는 느림보 거북이
그러나 방정맞게 팔딱팔딱
서두르지 않고
헛된 기쁨과 거짓 슬픔

아랑곳하지 않고
온갖 아픔과 굶주림의 날들
말없이 참아가면서
앞으로도 1억 년을 끈질기게
살아갈 것이다
안으로 슬기를 쌓으며
속으로 자랄 것이다
올해 백 살밖에 되지 않은
나는 아직도 어린 거북이

용의 모습으로

어둠의 늪 속에서 뒤척이며
오랫동안 기다려온
이무기 한 마리
벗어도 벗어도 달라붙던
밤의 허물 벗어버리고
입으로 빛을 뿜으며
하늘로 솟아오른다
온몸의 비늘 번쩍이며
날카로운 네 발로 구름 헤치고
새벽하늘로 날아오른다
사슴처럼 드높은 뿔을 세우고
앞날을 쏘아보듯 두 눈을 부릅뜨고
마음의 소리까지 알아듣는
어진 귀를 쫑긋거리며
용의 모습으로 떠오르는
우리의 꿈을 보아라
때로는 천둥 번개 장난치고
눈을 내려 하얗게 세상을 뒤덮고

달빛 속에 혼자서 생각에 잠기는
용의 모습으로 올해는
산과 강과 도시와 마을
곳곳의 하늘 위에서
떠돌며 머물 것이다
우리의 바람이 이루어질 때까지

어른의 길

오늘은 정든 캠퍼스를 떠나
어른의 길로 발을 내딛는 날
문득 모든 것을 백지로 돌리고
처음부터 다시 시작해보고 싶은
너의 아쉬움을
귀여운 딸아
어버이는 알고 있다
모든 굴레를 벗어나
제멋대로 다시 살아보고 싶은
너의 소망을
어여쁜 제자야
스승은 알고 있다
그러나 시간은 돌이킬 수 없고
삶은 좀처럼 뜻대로 되지 않는 것
바람 찬 하늘로 날아오르는 너에게
스승이 주고 싶은 것은
좋은 학점이나 졸업장이 아니라
너의 귓전을 스쳐가버린

어느 강의 시간의 이야기다
물살 센 바다를 헤엄쳐 나가는 너에게
어버이가 주고 싶은 것은
많은 돈이나 재산이 아니라
오직 자식을 키워온 마음이다
그러나 올바른 말은 들리지 않고
따뜻한 마음은 보이지 않는 것
숨김없이 들려주고 싶은 말
다시 한번 입 다물고
보여주고 싶은 마음
끝내 억누르며
귀여운 제자야
어여쁜 딸아
학사모가 어울리는 너에게 오늘은
눈부신 한낮의 박수를 보낸다
이제 너의 눈으로 보고
너의 몸으로 겪고
너의 마음으로 느끼고

너의 머리로 생각하고
마침내 세상이란 이런 것이라고
스스로 깨달을 때까지
어버이와 스승은 너의 뒤쪽 멀리서
손을 흔들어줄 수밖에 없다
어느 날 저녁인가 뒤돌아보면
어버이가 되고
스승이 되어
네가 거기에 있을 테니까

한강

금강산 골짜기 늙은 소나무
솔잎에 맺힌 이슬 한 방울
바위에 떨어져 굴러 내려와
땅속으로 깊이 스며들었다.
긴 어둠 지나가고
동녘이 밝아올 때
가녀린 물줄기로 다시 태어나
백제의 여울 되고
고구려의 개울 되고
신라의 시냇물 되어
남쪽으로 서쪽으로
2천 년을 흘러왔다.
아득한 옛날 우리의
할아버지가 고기 잡던 북한강

대덕산 골짜기 바위 틈에서
솟아오른 한 줄기 맑은 샘물
울창한 숲을 지나서

고려의 냇물 되고
가파른 산을 돌아서
조선의 강물 되었다
때로는 진양조로 논을 적시고
때로는 휘몰이로 들판을 지나
물속에 붕어와 개구리를 놀게 하고
물가에 갈대와 철새들 기르면서
북쪽으로 서쪽으로
천 년을 흘러왔다.
아득한 옛날 우리의
할머니가 머리 감던 남한강

해를 따라
달을 좇아
흘러온 두 강물
양수리에서 몸 섞어 소용돌이치고
팔당호에서 한동안 생각에 잠겼다가
더욱 깊고

더욱 넓고
더욱 푸른
한국의 큰 강이 되었다.
배를 띄우고
다리를 놓고
댐을 세우며
쉬지 않고 서두르지 않고
유장하게 흘러가는 한강
저 깊고 힘찬 흐름을
누가 막을 수 있으랴
역사의 모든 상처 아물게 하고
서울의 기쁨과 슬픔
물결에 일렁이며
서쪽으로 남쪽으로 굽이쳐 흘러간다.
육천 만의 몸을 씻고
겨레의 목숨 기르며
반도를 가로질러 흘러가는 한강
작은 강물들 하나로 모우고

온갖 구정물 다 받아들여도
줄지 않고 늘지 않고
아름답게 흘러가는 한강
저 넓고 맑은 흐름을
누가 더럽힐 수 있으랴
언제나 스스로 깨끗해지며
남쪽으로 서쪽으로 천 리를 흘러간다

승리의 행주산성 지나
임진강과 만나면
분단의 아픔에 흐느끼면서
말없이 흘러가는 우리의 한강
그 넓은 하류에 지금은 비록
구름의 그림자만 건너가고
바람 소리만 들려오지만
강화만에 이르면
압록강과 합치고
황하와 만나

아시아의 바다가 되고
태평양 대해로 나가서
온 세계의 물과 섞인다
품속에 고래를 기르면서
용의 마음 가다듬고
하늘로 올라가 구름이 되어
눈과 비로 나리면서
온 세상 곳곳마다
한강의 얼을 펼친다

누가 한강을 다스릴 수 있으랴
강물의 모습 눈여겨보고
강물의 소리 귀담아듣고
강물의 갈 길 뚫어놓으면
한강은 우리의 땅 기름지게 하고
한강은 우리의 하늘 드높게 하리라

V. 구리거울

산개구리

연두빛 바탕에 물방울 무늬
한복 입은 여인 볼 때마다
어머니 모습 떠올라
한식날 산소에 찾아갔더니
겨울잠 깨어난
산개구리 한 마리
상석 위에 앉아서
햇볕 쪼이고 있었지

흐린 날

태어나기 전에는
몸이 없어서
어떻게 할 수 없었다
가까스로 몸을 얻어
세상에 태어나자
나도 모르게
이름이 정해졌다
주어진 이름을 지니고
살아온 반평생
이제는 아무런 기대도 없이
태연하게 견딜 수 있으니
귀찮은 이름 떼어버리고
무거운 몸을 떠나
가뿟하게 날아오르고 싶다
그림자 없는 바람이 되어
비 맞지 않는 넋으로
가뭇없이 떠돌고 싶다

구리거울

멸망한 나라의
아름다움이 서려 있는
이 녹슨 구리거울에
옛 사람들은 자기의 모습
환하게 비추어보았다

도수 높은 안경 쓰고도
이제 유리거울 속의 내 모습
제대로 보이지 않으니
부끄럽다 나의 마음
얼마나 흐린 것일까

대웅전 뒤쪽

크낙산 뒷절 돌계단에
목탁 소리 염불 소리
부처님께 절하는 대신
샘물 한 모금 마시고
싸리비 자국 무늬진
옛 마당을 거닌다
대웅전 뒤쪽 빛 바랜
흰 소가 풀 뜯는 처마 밑
깨어진 기왓장 나뒹굴고
석가탄신일 경축탑 버려져 있어
뒷골목 헛간처럼 응달진 곳
누군가 거기 있는 것 같아
걸음 멈추면 실고사리
잎을 흔들며 사라지는 기척
한 번도 본 적 없는 뒷모습이
마음을 언뜻 스쳐가고

누가 부르는지 자꾸만

누가 부르는지 자꾸만
그 넓은 안쪽을 들여다보고
안절부절 둘레를 빙빙 돌다가
다시 건너편을 바라보고
누구에게 대답하는지 자꾸만
그 움푹한 안쪽을 들여다보고
안타깝게 손짓하다가
갑자기 방책을 넘어
안으로 뛰어 들어갔다
누구를 껴안으려는지 한껏
두 팔 벌리고
구르듯 비탈을 달려내려가
산굼부리 한가운데서
사라져버렸다
아물지 않은 상처를 뚫고
누가 끌어들이는지 홀연
옛날의 핏줄 속으로

이산(梨山)의 꿈

독립문을 지나 무악재에서 버스가 멈추었다.

이곳은 무허가 주택들이 철거된 뒤, 개나리 언덕
으로 바뀌어 있었다.

버스는 언덕 쪽으로 좌회전하여 못 보던 길로 들
어섰다.

작은 시골 도시에서 버스를 내려 자두를 한 근 샀다.

이산까지는 비포장도로를 한참 달려가야만 했다.

이상하게도 운전이 제대로 되지 않았다. 가속 페
달을 밟아도 차가 전혀 나가지 않는가 하면, 비탈길
을 곤두박질치듯 내려가다가 브레이크를 밟아도 차
가 서지 않았다. 적잖이 당황하며 애를 태운 끝에 겨
우 그곳에 도착했다.

푸른 물이 넘실거리는 넓은 호숫가의 높은 언덕에
영빈관은 자리잡고 있었다. 붉은 기둥에 청동색 지
붕, 황금빛 단청이 찬란한 이 건물 뒤켠에 후박나무
숲이 있고, 그리고 기분 좋은 산책길이 나 있었다.

이산에 머무는 동안 예기치 않은 일이 자꾸 일어났다.

멀리서 찾아온 손님을 뒷모습만 본 채 놓쳐버렸고 가족과 만나기로 약속한 장소를 끝내 찾아내지 못했다. 호반의 향연에 초대받은 친구가 물에 빠져 죽었고, 계획했던 일들이 모조리 틀어져버리고 말았다.

어쩔 줄 모르고 바장이는 나 자신의 모습이 불쌍하게 보이기까지 했다.

몇 번이나 차를 놓친 다음, 가까스로 서울행 버스에 올라탔다.

돌아오는 도중에, 만나려고 했던 사람들이 차창 밖으로 지나갔다. 버스를 세울 수도 내릴 수도 없어서 안타깝게 손짓을 했지만, 그들은 나를 보지 못하고 계속해서 이산 쪽으로 가버렸다.

버스에서 내려보니, 나는 여전히 무악재에 있었다.

어디를 갔다가 어떻게 돌아왔는지 전혀 알 수가

없었다.

후박꽃 향기만 아련히 코끝을 감돌 뿐이었다.

문 앞에서

탈의실 같은 곳이었다.
모두 벌거벗은 채 빈손으로 문 앞에 서 있었다.

신문에서 자주 본 ㄱ씨의 얼굴이 제일 먼저 눈에
띄었다. 항상 겨드랑이 밑에 권총을 차고 다니며, 부
하들을 지휘하여 시민을 연행하던 그가 벌거벗은 채
혼자 서 있는 것은 매우 어색해보였다.
ㄴ씨도 거기에 있었다. 그는 광활한 토지와 수많
은 고층 빌딩과 자가용 비행기를 가지고 있었다. 그
런데 경호원도 없이 맨몸으로 서 있는 모습을 보니
아주 초라했다.
우스꽝스런 몸매로 한쪽 구석에 서 있는 사람은
낯익은 얼굴이었다. 언제나 최신 유행 의상을 걸치
고 텔레비전 화면을 드나들던 ㄷ씨였다. 벌거벗은
그의 엉덩이에는 커다란 반점이 하나 있었다.
청소원 ㄹ씨는 덤덤한 미소를 짓고 있었다.
거무튀튀한 제복에 주황색 조끼를 입고 그는 매일
새벽 냄새나는 쓰레기를 치웠다. 이제 그는 작업복
을 벗어버리고 홀가분하게 서 있었는데, 힘든 일로

다져진 근육이 오히려 보기 좋았다.

　제일 먼저 호명당한 사람은 ㄱ씨였다. 그는 자신
있게 어깨를 흔들며 문 안으로 들어갔다. 그러나 곧
비명이 들려왔다. 그의 비명은 아무도 들어본 사람
이 없었다.

　불안하고 초조한 빛으로 서성이다가 뒤이어 들어
간 ㄴ씨도 외마디 소리를 질렀다. 여지껏 그가 한 번
도 내본 적이 없는 그런 소리였다.

　ㄷ씨는 겁이 나서 밖으로 도망치려다가 붙잡혔다.
왁살스럽게 안으로 끌려 들어가면서 그는 꼬리를 붙
잡힌 생쥐처럼 몸부림쳤다.

　뜻밖에도 ㄹ씨는 친절한 안내를 받으며 문 안으로
들어갔다. 청소비를 받으러 왔을 때처럼 겸손한 그
의 목소리가 안에서 들려왔다.

　도대체 저 문 안에서 무엇을 하는지 알 수 없었다.
　마른침을 삼키며 나는 문 앞에서 나의 차례가 오
기를 기다렸다.

어떤 죽음의 회고

까만 셔츠
하얀 바지에
외국 가수처럼 머리를 빗어 넘긴
그 친절한 젊은이들은
고개 위에 이르자 갑자기
흉포하게 나의 팔을 비틀고
시계와 지갑을 빼앗고
길바닥에 때려 뉘었다
구둣발로 사정없이 짓밟다가
나의 가슴을 칼로 찌르고
골목길로 사라지는 그들
나의 아들 조카 형제 동포들
그들의 뒷모습이 똑똑히 보였다
두 손으로 허공을 잡으며 나는
이미 아무 말도 할 수 없었고

떠나기

아무도 오라고 하지 않고
가라고 하지 않을 때
처음으로 나는 혼자서 떠났다
오랫동안 정든 곳을 떠나
낯선 곳에 머물다가
처음으로 나는 돌아왔다
반갑게 맞아주고
따뜻하게 보살펴주어
편안히 한동안 머물다가
나는 다시 떠났다
모두들 말리면서
못 가게 했지만
고집스럽게 뿌리치고
다시 떠났다
어느 곳이든 가서
머물다가
익숙해질 때쯤
그곳을 떠났다

때로는 붙잡고
못 떠나게 해서
차라리 그대로 머물까 망설이다가
기어코 또 떠났다
한곳에 오래 머물지 않고
끊임없이 떠나고
다시 돌아왔다
즐거운 집 사랑스런 가족을 두고
이제 또 떠나야겠다
다시 돌아올 수 없을지라도

평상심의 맑은 정신과 눈

이 남 호

김광규의 시는 그 생각에 비뚤음이 없으며 그 어조에 격렬한 부르짖음이 없으며 그 은유에 현란한 모호성이 없고 그 관심이 소박한 일상을 넘어서지 아니한다. 그래서 그의 시는 뜻이 분명하고 건강하며 읽는 이들에게 쉽고 친밀한 느낌을 준다. 이러한 느낌을 김영무는 "아침나절에 맑은 정신으로 또박또박 써내려간 것이 바로 김광규의 시편들"이라는 말로 재치있게 해명해준다.

열광이나 절망의 몸부림, 처절한 증오와 적개심, 또는 온몸을 내던지는 순교자적 헌신, 이런 것들에 따르는 도취와 열정, 빛나는 이미지와 아찔한 통찰력 등으로 이루어진 시는 역시 은유적으로 말해서 한밤중이나 혹은 밤을 밝힌 새벽녘의 취기와 허기나 실의와 좌절 또는 흥분과 격정의 어느 소용돌이 속에 불현듯 맑아지는 정신의 순간에 솟아나는 것일 터이다. 그러나 김광규의 시는 적당한 수면과 아침밥을 거르지 않은 날 오전에 차분히 가라앉은 지속적인 맑은 의식의 상태에서 다듬어진 것들이다. 눈앞의 사물과 현실과 사람을 정신 바짝 차리고 똑똑히 보고 듣고 그 보고 들은 바를 쉬운 말로 정확하게 논리적으로 차근차근 다스려 잡은 것…… 그것이 김광규의 시들이다.

그렇다. 김영무의 말대로 김광규의 시는 심신이 안정된 상태에서 건전하고 합리적인 이성의 힘으로 씌어진 것이라 할 수 있다. 김광규의 시에는 평상심의 맑은 정신과 눈이 포착한 우리들의 일상이 명료하게 펼쳐진다. 이것은 김광규 시의 남다른 성격이자 귀한 장점이다.

언제부턴가 우리는 문학을 비일상적 열정의 토양에서 자라는 나무로 생각하고 있다. 문학은 밥보다 술에 가까우며 평범한 진리보다는 특이한 진리를 사랑하고 또 질서보다는 일탈을 즐길 뿐만 아니라 건강한 것보다는 병든 것을 취한다는 것이 우리들의 통념이다. 시인들이란 폐병 3기의 동공을 가슴속에 훈장처럼 매달고 있어야 하며, 밤새운 폭음 뒤의 절망을 아침 이슬의 바탕색으로 칠해야만 하며, 혹은 지사처럼 혹은 무당처럼 일상적 삶이 면제된 사람으로 인식되고 있다. 그리하여 우리는 문학에서 평상심의 거울에는 비치지 아니하고 비상심(非

常心)의 거울에만 비치는 놀랍고 당혹스런 진실을 찾는다. 이러한 문학적 분위기에서 볼 때, 김광규의 시는 예외적이다. 김광규의 시는 황혼이 깔리는 주막보다는 평범한 가정의 저녁 밥상에서, 또는 간밤의 취기를 달래며 난(蘭)을 치는 새벽의 묵향(墨香)에서보다는 누구나 다 하는 아침의 양치질에서, 또는 억압된 욕망을 자극하는 파격의 웃통 벗음보다는 그냥 편안함을 주는 단정한 옷차림에서 나오는 것이라 할 수 있다.

이러한 건전함과 편안함은, 문학의 세계에서는 흔치 않은 것이다. 때로는 그러한 건전함과 편안함이 없지도 않았지만, 그것들은 대부분이 진부한 일상과의 얕은 타협에 불과한 것일 따름이었다. 김광규의 시는 진부한 일상과의 얕은 타협을 넘어서면서도 건전함과 편안함을 준다. 이것은 일상을 뒤집지 않고 그 대신 일상의 때를 성실하고도 조심스럽게 닦아내는 시인의 자세에서 비롯되는 것으로 보인다. 우리는 이러한 김광규의 시에서, 일상을 벗어나지 아니하되 늘 일상의 그른 모습과 허위를 반성하여 참된 평범성을 견지하려는 소박하고 맑은 정신을 만난다. 온갖 화려한 정의가 말로만 난무하고 그 속에서 정체성을 상실하고 탁한 의식의 강물 위를 쓰레기처럼 부유하는 우리의 일상이 그의 시에서는 명료하게 정돈된다. 그리하여 읽는 이로 하여금 들뜬 거리의 네온사인에서 돌아와 손발 씻고 조용히 일기장 앞에 앉아 있는 느낌을 준다. 김광규의 시가 강렬한 문제의식이나 시대 혹은 존재에 대한 경이로운 통찰을 보여주지 않으면서도 1980년대 시단의 큰 호응을 얻을 수 있었던 것은 바로 이러한 까닭에서이다. 아울러 복잡하게 꼬인 일상의 모습들을 단순한 구도로 변형시키는 솜씨 역시 또 하나의 까닭이 될 것이다.

그러나 우리는 다른 측면을 생각해볼 수도 있다. 즉 김광규의 시가 아침나절에 맑은 정신으로 또박또박 써내려간 것이라면 이것은 그의 시가 지닌 한계라고 생각해볼 수도 있다. 문학은 평범한 일상 또는 구체적 실존에서 시작되지만 그것은 표면의 정돈된 인식에 머무르지 아니하고 존재의 심연이나 역사의 지층에까지 파고 내려가는 관통력을 지닌다. 이 관통력을 위하여 시인들은 일상에서 출발하되 이 일상을 버리기도 하고 뒤집기도 한다. 유사 이래 수많은 시인들이 기인(奇人)적 삶을 살았던 것도 존재의 심연이나 역사의 지층에 도달하기 위한 어쩔 수 없는 몸부림으로 이해될 수 있다. 이 점은 달리 말할 수도 있다. 순수한 의미에서의 건전함이란 절대적 가치일 수 있지만 현실 속에서의 그것은 진실을 가리는 껍질일 가능성이 많다. 도덕·상식·일상·규범 등도 마찬가지이다. 문학은 이 껍질을 벗고 그 안에 억압되어 있는 진실을 드러내고자 한다. 그래서 대부분의 좋은 문학 작품은 우리들의 평범한 일상성을 불편하게 만든다. 진리가 너희를 자유롭게 하리라는 말이 있지만, 문학적 진실은 우리들의 안일한 일상생활을 불편하게 만든다. 이 불편함 속에서 우리는 일상의 허위를 넘어 진실을 일상의 차원에서 실현하려는 의욕을 갖게 된다. 이와 같은 측면에서, 김광규 시의 건전함과 편안함은 그의 장점이면서 또 한계로 지적될 수 있는 것이다. 그러나 이러한 한계로 말미암아 김광규의 시가 지닌 장점이 훼손되는 것은 아니다. 현실을 관통하는 힘이 아쉽기는 하지만, 그 대신 일상에 대한 명료한 인식을 보여준다는 것은 그것만으로도 소중한 것이다.

다시 한번 앞서 한 말을 되풀이하자. 김광규의 시는, 그 생각에 비뚤음이 없으며 그 어조에 격렬한 부르짖음이 없으며 그 은유에 현란한 모호성이 없고 그 관심이 소박한 일상을 넘어서지 아니한다. 그의 시에는 평상심의 맑은 정신과 눈이 포착한 우리들의 일상이 명료하게 펼쳐진다. 그래서 그의 시는 뜻이 분명하고 건강하며 읽는 이들에게 쉽고 친밀한 느낌을 준다. 이러한 김광규 시의 특성은 네번째 시집에서도 그대로 유지된다. 즉, 때 묻고 뒤틀린 우리들의 일상이 명료한 구도로 제시된다. 가령「대장간의 유혹」같은 작품에 나타난 시인의 상상력은, 이전의 특성을 고스란히 유지하고 있다.

제 손으로 만들지 않고

한꺼번에 싸게 사서

마구 쓰다가

망가지면 내다 버리는

플라스틱 물건처럼 느껴질 때

나는 당장 버스에서 뛰어내리고 싶다

현대아파트가 들어서며

홍은동 사거리에서 사라진

털보네 대장간을 찾아가고 싶다

풀무질로 이글거리는 불 속에

시우쇠처럼 나를 달구고

모루 위에서 벼리고

숫돌에 갈아

시퍼런 무쇠낫으로 바꾸고 싶다

땀 흘리며 두들겨 하나씩 만들어낸

꼬부랑 호미가 되어

소나무 자루에서 송진을 흘리면서

대장간 벽에 걸리고 싶다

지금까지 살아온 인생이

온통 부끄러워지고

직지사 해우소

아득한 나락으로 떨어져 내리는

똥덩이처럼 느껴질 때

나는 가던 길을 멈추고 문득

어딘가 걸려 있고 싶다

　대량 생산된 일회용 상품처럼 돼버린 우리의 삶을, 대
장간의 낫과 대조하여 말하고 있다. 대장간의 낫은 오래
고 또 어려운 공정을 거쳐서 제작되고 또 제작된 이후에
는 오래 사람들의 사랑을 받으며 사용되었다. 그러나 플
라스틱 물건은 그것의 제작에도 사용에도 인간미가 스며
들지 않는다. 우리의 삶은 이러한 물건들로 이루어질 뿐
만 아니라, 우리의 삶 그 자체가 이러한 물건처럼 취급된
다. 그래서 시인은, 지금은 없어져버린 대장간으로부터
유혹을 받은 것이다. 단순한 상상력을 보여주는 시이지
만, 여기에는 우리가 늘 느끼되 그것을 적극적으로 의식
의 지평에 떠올리지 않는 일상의 황폐함이 명료하게 제
시된다. 다음과 같은 시도 역시 마찬가지이다.

　　어쩌다가 나뭇가지를 놓쳐버린
　　아쉬운 몸짓으로
　　느릿느릿 떨어져 내려
　　과수원 모퉁이에서
　　천천히 땅으로 돌아갈 가랑잎들
　　오늘은 그 낙엽들이 돌풍에 휘말려
　　시커먼 아스팔트 위를 굴러다니며
　　구둣발에 짓밟히고

버스 바퀴에 치여

갈기갈기 찢겨진 채

쓰레기 소각장으로 운반된다

교통사고로 쓰러진 시인이

응급차에 실려서

시립 병원 영안실로 가듯이

「성산동 가랑잎」이란 작품의 전문이다. 매우 단순한 구도로서, 가랑잎이 도회의 거리를 굴러다니다가 쓰레기 소각장으로 운반된다는 진술이 내용의 전부이다. 시인은 가랑잎의 불쌍한 신세만을 이야기하고, 마지막 두 행도 겉으로는 가랑잎에 대한 비유적 묘사에 불과하지만, 이를 통해 전달되는 것은 우리 삶의 황폐한 질감이다. 좀 더 설명을 하자면, 가랑잎과 시인은 순수 존재라는 점에서 동격이다. 이들에게는 죽음 혹은 소멸마저도 자연의 아름다운 섭리에 순응하는 것이다. 그러나 현재 우리들의 황폐한 삶은 존재의 본래 모습을 허락하지 아니하고 오히려 그것들을 천덕스런 쓰레기로 취급한다. 그것들은 원래 세상의 아름다움이었으나 현재 우리들의 일상 속에서는 귀찮은 쓰레기에 불과하다. 이 작품은 존재의 모습을 허락하지 않는 우리들의 황폐한 삶을 비유해서 말하고 있다. 우리는 가랑잎의 처량한 신세에 대한 소박한 진술을 듣다 보면 어느새 그 가랑잎과 다를 바 없는 자신의 삶을 환기하게 된다. 이처럼 김광규의 시는, 그 네번째 시집에서도 평범한 일상 속에서 평범한 진실을 평범하지 아니한 명료성으로 드러낸다.

그러나 네번째 시집을 자세히 보면 약간의 변화를 감지할 수도 있다. 우리들의 일상이 얼마나 때 묻고 뒤틀린 것인가를 탐구한다는 것은 때 묻지 않고 정상적인 삶이 어떤 것인가에 대해서 탐구하는 것과 같다. 김광규의 시는 때 묻고 뒤틀린 일상을 명료한 구도로 포착하여 보여주지만 그와 아울러 때 묻지 않고 정상적인 삶이 어떤 것인가를 보여주기도 한다. 네번째 시집에 이르러 약간의 변화가 있다면, 그것은 삶의 원래 모습과 의미에 대하여 좀더 관심을 키우고 있다는 점이라 할 수 있을 것이다. 이러한 관심은 주로 자연과 관련된 상상력에 의존한다. 위에 인용한 「성산동 가랑잎」에서도 시인은 가랑잎이라는 식물을 주시하지만, 네번째 시집에서는 시인의 눈이 자연물, 그 중에서도 식물에 좀더 자주 머무는 경향이 있다. 시인은 자연물을 매개로 하여 존재의 바른 모습을 유추한다. 가령, 다음과 같은 시는 나뭇잎으로부터 보다 은밀한 삶의 의미를 유추해낸다.

크낙산 골짜기가 온통
연록색으로 부풀어 올랐을 때
그러니까 신록이 우거졌을 때

그곳을 지나가면서 나는
미처 몰랐었다

뒷절로 가는 길이 온통
주황색 단풍으로 물들고 나뭇잎들
무더기로 바람에 떨어지던 때
그러니까 낙엽이 지던 때도
그곳을 거닐면서 나는
느끼지 못했었다

이렇게 한 해가 다 가고
눈발이 드문드문 흩날리던 날
앙상한 대추나무 가지 끝에 매달려 있던
나뭇잎 하나
문득 혼자서 떨어졌다

저마다 한 개씩 돋아나
여럿이 모여서 한여름 살고
마침내 저마다 한 개씩 떨어져
그 많은 나뭇잎들
사라지는 것을 보여주면서

「나뭇잎 하나」라는 시의 전문이다. 역시 단순한 구도로 나뭇잎의 생성과 소멸의 모습을 진술할 따름이다. 이 속에서 시인은 본래 모습이 어떤 것인가를 배운다. 그 배움이란, 모든 존재는 홀로 태어나 무리를 이루고 살다가 다시 홀로 죽는다는 것이다. 평범한 진리이지만, 존재의 근원적 외로움을 인식하는 삶과 그렇지 못한 삶의 큰 차이가 난다. 후자의 삶은 억지스러움이 생기게 되고, 그것은 우리의 삶을 황폐화시키는 또 하나의 요인이 되는 것이다. 우리 주변의 평범한 자연물에서 존재의 본래 모습을 읽어내는 시적 작업은 「누가 온 세상을」 「풀밭」 「하얀 비둘기」 「무우」 「대추나무」 등등의 작품에서 계속 추구하게 된다. 그런데 그의 시에 등장하는 자연은 여전히 일상의 테두리를 벗어나지 않는 것이다. 그것은 언제나 마당, 길거리, 뒷산 등에 있는 것들로서 일상의 사소한 부분들이라 할 수 있는 것들이다. 그러니까 김광규의 시가 자연에 관한 상상력을 보여준다고 해도 그것은 평범한 일상에서 발을 떼는 것은 아니다.

한편, 네번째 시집이 보여주는 또 하나의 미묘한 변화는 시인의 태도에 과거가 많아졌다는 점이다. 다시 말해 지난 삶을 반추하며 인생의 근본에 대하여 생각하는, 나이 든 자의 조용함이 짙어졌다. 이러한 변화는 그의 상상력이 자연물에 좀더 접근하는 것과 상관이 있다. 때문고 뒤틀린 일상에 대해 우울한 심정적 반응을 겉으로 드러내기보다는 이제 소박한 자연물들로부터 삶의 근본 의미를 깨닫고 담담하게 삶의 무게를 줄인다.

> 덧셈은 끝났다
> 밥과 잠을 줄이고
> 뺄셈을 시작해야 한다
> 남은 것이라곤
> 때 묻은 문패와 해어진 옷가지
> 이것이 나의 모든 재산일까
> 돋보기 안경을 코에 걸치고
> 아직도 옛날 서류를 뒤적거리고
> 낡은 사전을 들추어보는 것은
> 품위 없는 짓
> 찾았다가 잃어버리고
> 만났다가 헤어지는 것 또한
> 부질없는 일
> 이제는 정물처럼 창가에 앉아
> 바깥의 저녁을 바라보면서
> 뺄셈을 한다
> 혹시 모자라지 않을까
> 그래도 무엇인가 남을까

「뺄셈」의 전문이다. 이제 시인은 삶을 펼치려 하기보다
는 거두어들이려는 조짐을 보여준다. 우리는 이것을 시

인의 성숙이라고 말할 수 있다. 황폐한 일상에의 부대낌을 이런 식의 성숙으로 처리해나가는 것이, 시에 있어서 꼭 반가운 변화라고 보이지는 않는다. 그러나 이 성숙 속에서도 때 묻은 일상에서 발을 떼지 않고 그것을 명료하게 드러내는 김광규 시의 특성이 그대로 살아 있다. 아울러 이러한 변화보다 더욱 확실한 변화를 시인은 스스로 마련해두고 있다. 다음과 같은 「간단한 부탁」의 한 구절에서 우리는 김광규 시의 정직성을 다시 한번 확인할 수 있다. 이제 우리는 더욱 성숙한 소리를 김광규의 시에서 기대할 수 있을 것이다. ▨

  그대는 이미 늙었다
  나이를 먹었으면
  늙은이여 제발
  젊은 척하지 마라